こうちゃん

KO-CIAN

須賀敦子・文
酒井駒子・画

河出書房新社

こうちゃん

1

あなたは　こうちゃんに　あったことが　ありますか。
こうちゃんって　どこの子かって。そんなこと　だれひとりとして　しりません。
ただ　こうちゃんは　ある夏のあさ、しっとりと　露にぬれた草のうえを、ふとい鉄のくさりをひきずって　西から東へ　あるいて　行くのです。鉄のくさりのおもみで　こうちゃんのうしろには、たおれた草が　一直線に　つづいてゆきます。どこまでも、どこまでも。

2

こうちゃんが　わらってるのを　きいたことがありますか。
まなつのひるま、たけに草が　ぎらぎらひかり、ねじり草までがぴかぴかするような
とき、むっとする土のうえに　ねっころがって　ごらんなさい。
こうちゃんは　ひとりで　くつくつ　くつくつ　わらっています。

3

こうちゃんは　さびしがりやです。ゆうやけで　短かい芝草の丘が　はじめは　まっかに　もえて　それから　だんだん　紫に　暮れてゆくときなど、よく気をつけてごらんなさい。あなたの　うしろから、こうちゃんは、ぴたぴたと　わらぞうりの音をたてて　ずうっとついてきます。そんなとき、ひょいと　あなたが　うしろをむいて　眼と眼が　あったりしようものなら――。

こうちゃんは、ひとばんじゅう　あなたの　ひざのうえで泣きつづけるでしょう。

4

いつか　わたしは　霧のふかい冬のあさ、山の池にひとりでのぼってゆきました。蒼いみずのおもてに　金いろに太陽のおどるのが　みたかったからです。

みぎわにしげった葦のなかの、くろく濡れた岩にひとりこしかけ、こうちゃんはしんとして、たかく　ひくく　うたいつづけていました。

5

秋になったので、こうちゃんは行きたがっています。かえりたがっています。どこへ？　さあ　それは、こうちゃん自身　しらないでしょう。

太陽が　あかくもえて　しずんだあと、こおろぎのこえが、きのうはおとといより、きょうはきのうよりも　はっきりと　きこえるようになり、道をあるくと　ときどきさあっと風が吹いて　かるい鈴かけの葉などが、からからと足もとに落ちてくるようになると、こうちゃんは　いつも、なにか　ずっとわすれていたことをおもいだしたような　きもちになるのです。ぶどうが　すっかりみのって、きんいろの栗が　ずっしりと山からやってきても、稲がすっかり穂をたれて　田という田が　いちめん　わらったようになっても、こうちゃんはもう、あの夏の朝のような　いたずらっ子の顔をしなくなります。

澄んだ月の夜の、やさしい萩の咲きみだれた野で、こうちゃんのすすり泣くこえをきいたって？　そうかもしれません。わたしも　風のない九月の　つきの夜、地にこまかな　まだらもようのかげをおとしているアカシアの林のよこを　とおったとき、はっきりと、あのほそい　すきとおった　こえを　きいたことが　あるのですもの。まるでじぶんに　いいきかせでも　するように、なんどもなんども　こうくりかえしていました。ぼく　ねむれない。ぼく　ねむれない——と。

秋になったので　こうちゃんは行きたがっているのです。かえりたがっているのです。おねがいです。もし、まよなかに、誰かがほとほと雨戸をたたいたら、なんだ　風のひどい晩だな、とか　おや、次の日曜には　雨戸の釘を打ちなおしておかなきゃ——とか　そんなことを言いながら　ぐうぐう　ねてしまわないで、だれにも　しられないように、そうっと　戸を一枚あけて　こうちゃんを入れてあげてください——いえ、それだけで　いいのです。こうちゃんは、たいてい、じいっと　あなたの顔をみただけで、ありがとう　と言って　行ってしまうからです。どこへ？　さあ　それは、こうちゃん自身　知らないでしょう。

6

「おおい、柿が　うれたぞぉ」

ある朝、雨戸のそとから　げんきな　こどもの声が　きこえました。はねおきて　戸を繰り　庭にとび出てみましたが　だれもいません。ようよう色づいた　すずなりの柿の木のしたでは、白いレグホンが三羽、ここっ　ここっと　土をほっていました。でも呼んだのは　たしかに　こうちゃんです。

7

いなごが　ぱたぱたと　とんで　ばさっばさっという鎌の音といっしょに　たんぼはどんどん　はだかになってゆきます。稲を刈っているお百姓の　きくさんのまわりをさっきから　なにか　ひとりごとを言いながらかけまわっているのは、そうです、たしかに　こうちゃんです。なにを言っているのか、いえ、こうちゃん自身　気がついていないのです。

そらは　いちめん　光の青で、稲たばは、ほんとうの黄金《きん》いろです。

8

ある日　山みちを　ひとり　あるいていたら、夕陽のいろに染まったやまはぜのしげみから、こんなこえがしました。「ききょうに、りんどうに、なでしこに、きいろのぷちぷち。ききょうに、りんどうに、なでしこに、きいろのぷちぷち」

おもわず、「なんだ、きいろのぷちぷちはおかしいだろう。おみなえしだよ」というと、あははと小さくわらって、「そうだっけ。おみなえしか」とこたえてきました。

あれも　たしかに　こうちゃんです。

9

つめたい雨の十一月の夜、あのひくい谷底の町を　とおったとき、ふと、こんなこえが　きこえてきたのです。「そう、なめらかな　きんの蜜を、お日さまのいろの蜜を。たったすこしで　いいんです」

灯《ひ》のきえた洪水のあとの村を、私はひとり　あるいて　いました。冬がくるというのに、稲は一年中の苦心といっしょに、あとかたもなく　ながされてしまって　もう誰ひとり、どう生きて行っていいのか、わからなかったのです。ふと　そのとき　どこからか、あの　ためいきに似た　こうちゃんの声が　くりかえし　くりかえし　こう　きこえてきました。

「ああ　ほんとうに　あなたは　いったい　どこにいるのですか」

「なにもかもひどくて　もう力もつきはて、ある夜、あの川べりの　大岩まで行った」まずしい、ひとりの鉱夫がはなすのでした。「岩まで行ったら、小さな子供が　しゃがんで　泣いていて、とぎれとぎれの声が　こうきこえてきた。――どうすれば、どうすれば　いいんだろう」

「それをみて　おれは」とまずしい男はいいました。「なんでか知らぬが、やっぱり生きようとおもって　鉱山《やま》にもどった」

10

風のつよい　十一月の日でした。空はしろくにごっていて　夾竹桃の　くろずんだ緑の葉だけが　妙にひかっています。くるくると風にまう　鈴かけの枯葉にまじって、なんにんか　子供が　わになり、わけのわからぬことを　くちぐちにさけびながら踊っていました。枯葉だか、子供だか……。

わたしも　風になったような気もちで、枯葉になったような気もちで、その輪にはいりたくなっていたときです。

だれかが　うしろからきて、わたしをつっつくのです。ふりむくと、すきとおった瞳の　ちいさな子が　わたしを見あげて　立っていました。その子は　かたてには　夏の日射しをおもい出すような　あかいマントをもっていて、いそいで　ぽっつり　こう言いました。

「ね、ぼく、ひとりで　オーバー　着られない」

11

　そして　南のくにの　このあたたかい町にも、とうとう　冬が　やってきました。ある夜、もう腰のよれよれにまがったおばあさんでもおもいだせぬほど　何十年ぶりかで雪が降りました。

　つぎの朝、のぼったばかりの太陽が　いちめんきらきらと　ひかる電車道を　みかんの汁のいろにてらしている、まだ人どおりのない道の並木に、だれか　ちいさなこどもが　ひとり　もたれかかって　このふしぎなけしきに　ただ　じっと　みとれているのです。ちかよって　そっと　うしろから、

「ゆき、すき?」

ときくと、その子は　ほんとうに　どきっとしたようで　両の頬を　たちまち　もえるように　あかくしたかとおもうと　木の幹に　ぴったりと　顔をかくしてしまいました。

　ああ　こうちゃん　ごめんなさい。ほんとうに　うつくしいものを　みていて、ひとにはなしかけられたときの、あの　かなしいような　はずかしいようなきもちを　わたしだって　よく知ってるはずだったのですもの。

12

こうちゃん、ジャンナの眼は　あんまり　うつくしいとおもいませんか。

こうちゃん、ジャンナは　くるしんでるのです。こうちゃん、ジャンナは、アメリカへ行かねばならないかもしれないのです。

しずかな九月の雨の日のそらと、凍った冬の夕ぐれ、深く山のいろを映しているネミの湖。それが　ジャンナの眼のいろです。

三月のこえとともに、アルバノの丘に咲きはじめるシクラメンの花びら。それが　ジャンナの眼なのです。

こうちゃん、それにしても　ジャンナの眼は、あんまり　うつくしいとおもいませんか。

こうちゃん、一月の夜が　あまり寒かったら　ジャンナをたずねて、こう言ってあげてください。

はやく　おかえりよ、みんな待ってるよ。

13

こんなことが　あったことは　ありませんか。

ほんとうに　ひさしぶりに　つめたい　くらい雨があがり　空は　すっと　あおく晴れわたって　まったく春といって　いいような　あたたかさの　その日　やっと　どうにか生えそろって　浅いひかりの　なかで　ふるふると　ふるえている麦の畝のあいだを　なにかたのしいような気もちで　あるいていると　ふっと名をよばれたような気がしたのです。澄んだ空気をつらぬいて　たしかに　だれかが　ずっと　とおくで　私をよんだのです。

こんな日、どこまでもみわたせる　あかるさの　麦畑にたって、よく　こうちゃんは、おかあさんをよんでいるのです。

14

ぼろを着た　ちいさな男の子が　ひざに　もう　つめたくなった　小羊をかかえて
ほんとうに　なぐさめようもないほど　はげしく泣いているのです。その　まわりには、
言いしれぬ　しずけさが　ただよっていて、私は　どうにも　声をかけることができず、
そっと　また　もとの道にもどりました。

15

雨があがって　あたたかい陽が照りはじめたら　大きく窓をひらいてごらんなさい。ずっと待ってた　こうちゃんが　あなたをみあげて、にこにこわらうでしょう。

山に行って、春りんどうのいつも咲く場所が　おもいだせなかったら　ちいさく　こうちゃんを　よんでごらんなさい。息もつかずに駈けてきて、そっとおしえてくれるでしょう。

ながいこと待ってた手紙が　やっとついたら、封をきるとき　ちょっと　よこをみてごらんなさい。いっしょうけんめいせのびして　いっしょに読もうとしている子が　こうちゃんです――わかりもしないくせに――。

庭さきの椿の　あかい花が　ぽとりと落ちたら、みないふりして　待っててごらんなさい。誰にもみられてないつもりの　こうちゃんがうたいながらやってきて、そっとあかい花をひろいあげると、また大いばりで　行ってしまうでしょう。

16

その子は、焼けおちた家のあとに　しょんぼりと　ひとり立っていました。どこをみているのかわからない眼は大きくみひらかれ、あどけないくちもとと両の頬は、草ぼけの花びらでした。

こうちゃん、そして　あなたは　あのときの眼で　あのときのくち、あのときの頬で、朝ごとに　大きくひらいた窓から　わたしのところにかえってくるのです。ものもいわずに　あなたは　わたしのよこに立ちつくし、また、どこかへ行ってしまいます。霧ふかい道を、しずかにのぼってくる太陽のほうにむかって――。

こうちゃん、けれど　たとえ　わたしが　ひとことも言うことばをしらないでも、あなたには　わかっているはずです。どれほど　わたしが　朝ごとに　あなたを待っているかを――。

17

そとは　雪が降っていましたが、もうしめるまぎわのお店のなかはしずかであたたかく、こんもりとしていました。かべ一めんの棚にぎっしりとならんだ本にかこまれてなんとなく　ほんのりとした気持で　私はかたすみの　木箱に腰をおろすと、大きな絵本をよみはじめました。もう春も近かったからです。

ふと　視線をかんじて　眼をあげると、そうです、こうちゃんが、かどの棚のすみから　顔だけだして、はずかしそうに　わらっていました。

こえをだして　その絵本をよみはじめた私のとなりに、肩にはまだ　とけたばかりの雪のあとのある外套を着たまんま、じっとだまって、こうちゃんは　すわりました。ほんとうに　ばかな私は、こうちゃんが　その　絵本のはなしに　きき入っているとばかりおもっていたものです。

気がつくと、あのとおいところをみつめるような眼で　こうちゃんは　じっと私をみあげているのです。あわてて　なにか言おうとする私をさえぎって、こうちゃんは　ぽつりとこう言いました。

ね、どこから来たの？

こうちゃん、灰いろの空から降ってくる粉雪のような、音たてて炉にもえる明るい火のような、そんなすなおなことばを、もう　わたしたちは　わすれてしまったのでしょうか。

18

あれが　いもうととといっしょにすごした　さいごの夏だったような気がします。夕がたになると　わたしたちは　仕事をかたづけて　そとにでました。松林のあいだの坂道をのぼりつめ　石ころの白い丘から谷をへだてて　六甲の山々が　深い海のいろに暮れてゆくのを見送ったのです。

そんなある日のことでした。空気は　こはく色にすみわたり、塩からとんぼのむれがときどき　かわいた羽の音をたててぶつかりあいながら、わたしたちの　頭上にうずまいていました。その日　太陽は、ほんとうにゆたかで、緋いろに大きくゆれながら、ゆっくりとしずんでゆきました。

息をつめて、腰をおろした御影石のうえのかげが　すこしずつ長くなってゆくのにも気づかないでいたとき、すぐ　そばの　すすきのくさむらから、くつくつわらいながら、こうちゃんが　こう言うのです。

「あかくて、まるくて、まるで　ぼうしだよね」

ええ、どうも　こうちゃんは　ほんきでお日さまのことを　ぼうしににているとかんがえているらしいのです。というのは、これも　ある夏のことです。ある夜あけ、まだ寝しずまっている町をとおりぬけて、あのふしだらけのさいかちの木のある丘にたつと、まもなく、おかあさんのように、しろく　やさしく　ふくらんだ地平線から、とうとうこらえきれなくなった　あの脈うつような赤さの大きな太陽が、ちからいっぱい音たてのぼってきました。そのとき、ぼんやりしていた私のうしろから　あのうたうようなこうちゃんのこえが　きこえてきたのです。

「あかくて、まるくて　まるでぼうしだよね――」

19

——水はいつも　よろこび　うたっている。
アッシジをみあげる平野の、音たてて流れる　濁った小川のほとり、早春のしろい
ひかりの中で　ほそく風にゆれている五本の枯れ葦のしげみに、それはそれはへたな、
こどもの字でこう書いた、くしゃくしゃの紙きれが落ちていました。

L'acqua è
sempre
allegra e canta

20

こうちゃんって　ふしぎな子です。

いつものように、仕事に行こうとして　私はバスにのりました。朝のそんな時間、しかも　きょうのように　何日も降りやまない雨の朝のバスの中の空気は、だれでもよくしっているとおもいます。そんな日はたしかに、じぶんのことが　とてつもなく大せつにおもえてきたりして、つらいような　とんがったような気もちになり　くだらぬことが　しゃくにさわったりしてしまうものです。

けさも、全くそのとおりでした。ぬれたボルゲーゼ公園の、早春のみどりにつつまれた停留所から、まわりの雑木や芝草とおなじくらいずぶぬれの　真赤な雨合羽をきたこうちゃんが　ひとりぽつんと乗ってくるまでは——。

とたんに　みんな　なんとなく　安心したような　ほっとしたようなきもちになりました。けれど、ゆれてはしってゆくバスのまんなかに　ただ　赤い花びらのように　だまって乗っていた　こうちゃんは、ほんの小さな　こどもなのです。

21

　三月もなかばの　南の風のやわらかい朝、町のまんなかの　大きな広場を　わたしはいそいで通ってゆきました。教会の大きな時計も、もうすぎ去った冬の日のようにはきびしい顔つきをせず、時間など　ほんとうは　どうでもいいのだというように、のんびりと時をきざんでいました。陽だまりには、そろそろ　オーバーをぬぎはじめた子供たちが　かけたり　笑ったりしていました。

　こうちゃんも　やっぱりいました。ふっくらと春のひかりをうけとめた　まるい　まっしろな石のはしらにもたれて、あのきらきらとした眼で、なにやら　とおくをみているのです。わたしのやってくるのをみると、こちらをふりむいて、ふとわらいながらゆっくり　こう言いました。

「ぼく、待ってるんだ――」

22

その夜、仕事がおわってから　わたしは　ある哲学者にあいました。そのひとは、なんさつも　むずかしいことばの　ぎっしりつまった本をかいた人でした。用件をおえて私がかえろうとしていると、そのせんせいは、さて　きかせたいことがあるというように、さいきん　こうちゃんに会ったはなしをしはじめたのです。

「こうちゃんという存在はおもしろい。俺は何時間にもわたって議論してみたが、ことごとく俺の意見に賛成しておった」こう言って、このゆうめいな哲学者は　満足げにわらうのでした。

暗い道を疲れはててゆく私の心は、けれどなにかくしゃくしゃに　なったようなかんじでした。こうちゃんとあの哲学者というかんけいが　どうしても腑におちぬようなきもちだったからです。存在、議論、意見、賛成、どれひとつをとってみても、およそこうちゃんとは　えんのないことばのようにおもえたからです。

こうちゃん、あなたは　もうわたしにはわからぬ、ずっととおくのほうへ行ってしまったのだろうか。こうちゃん、とうとう　あなたまであのむずかしいことばの世界にのみこまれてしまったのだろうか。私は泣きだしそうなつらい気持で　つめたい夜のなかを　ひとりあるいてゆきました。

……そんなに　あるきつづけたのです。もう町はとうのむかしに　すぎてしまって、とうとう野のはての地平線が　うっすらと乳いろにあかるんできました。ふとみると、わたしのすぐまえを　こうちゃんのさびしい影が　ひとりあるいてゆきます。よっぴて歩いていたらしく、気のせいか、足をひきずるようにしているのです。なにか、たまらないきもちで　うしろから、

「こうちゃん」

とよびかけると、私のむねにとびこむようにかけてきて、なきじゃくっていうのでした。

「だって　あんまり　じょうずにしゃべるんだもの。ぼくなにも言えなかったんだ」

こうちゃん、それでも　わたしたちは　まだ　ちからを出して　地にひざまずき、あかるくもえる炎の小花をつまねばならぬのではないだろうかと、あの濡れた　霧のよあけ、泣きじゃくるあなたのあたたかさを身にかんじながら、私には、はっきりと　そう思えたのでした。

芝草の丘が　三月もおわりにちかづくと　きゅうに　いきいきと萌えはじめます。いよいよ　春だからです。
ある朝、あかるく降ってくる　ひかりのなかを　丘にむかって私はあるいてゆきました。とつぜん、私の目のまえに、太陽の光線をそっくり吸いこんでしまったような、黄いろの　むぎわらぼうしが、赤いリボンを　ひらひらとひるがえしながら、どこからかころがってきて、いっしゅん　みどりの芝草のうえにとまったかとおもうと　またころころ　ころころ　ころがってゆくのです。

すると　たちまち、　いくつもいくつもの　黄いろい　むぎわらぼうしが、あか、しろ、あお、みどりと　あらゆるいろのリボンを風になびかせ　はねかえったり　とびあがったり、または、ごく　おとなしく　ころころと地面をころがったり。あっというまにしずかな三月の朝の芝草の丘は、たくさんのむぎわらぼうしに　せんりょうされてしまいました。そのまんなかで　はねたりとんだりしていたこうちゃんは、いったい　このぼうしたちを　つかまえようとしていたのか、それとも、いっしょになって踊っていたのか――。

……まもなく　その黄いろい　むぎわらぼうしの花むらから、あかるいうたごえが立ちのぼり、そらいっぱいに　あわく消えてゆきました。

24

わたしは　白いきものを着た小さなおんなの子でした。瞳のくろい　はだしの男の子が　ごつごつの黒い岩のうえで　きいろい花をとってきてあげるから　待っておいでといいました。

わたしたちは　夏草に　におう野をかけたり、岩から岩にとびこえたりして、一日中あそびました。金いろに咲きみだれる　えにしだにうずもれて、わたしは湧きあがる泉のように　わらいつづけました。

暮れはじめた　くろい岩のうえで　だれかが呼びました。男の子は　ふとまじめになっていいます。

ぼく　行かなくちゃ。

こうちゃん、あなたが　行ってしまったあと　ほのぐらいえにしだのしげみで　わたしは　いつまでも　いつまでも　泣いていました。

25

かたい　ちいさな　みどりの実を　いっぱいにつけた梨の若木が　さらさらと風にゆれる　よこを　とおったら、そっと言ってごらんなさい。
ありがとう、こうちゃん、と。

あなたには　みえなくても　きこえなくても、きっと　こうちゃんは、どこかできいているのです。ちいさく　あかるく　わらいながら。

本文初出

「どんぐりのたわごと」第7号
1960年12月
Corsia dei Servi, Milano, Italia

こうちゃん

2004年3月30日初版発行
2021年5月30日 6 刷発行

著　者
須賀敦子・酒井駒子

発行者　小野寺優

発行所　株式会社河出書房新社
〒151-0051　東京都渋谷区千駄ヶ谷2-32-2
Tel.　03-3404-8611(編集)
03-3404-1201(営業)
http://www.kawade.co.jp/

装　幀　水木奏

組　版　KAWADE DTP WORKS
印刷所　凸版印刷株式会社
製本所　大口製本印刷株式会社

落丁・乱丁本はお取り替えいたします。
Printed in Japan
ISBN978-4-309-01621-4